JN140665

参上!
SANJO!
ヌンチャクゴリラ
NUNCHAKU GORILLA
川之上英子・健 作
朝倉世界一 絵

地球は皮膚を持っている。
そしてその皮膚はさまざまな病気を持っている。
その病気のひとつが、人間である。

by ニーチェ

もくじ

プロローグ　1億年ぶりの地球

1　ぼくの家は駐在所　10

2　おまわりさんがゴリラになった？　14

3　お父さんがゴリラになった！　19

4　相談しよう　そうしよう　28

5　宇宙じいさん　34

6　天体観測所へようこそ　37

7　宇宙人がしゃべってる　42

8　武器ってこれですか？　48

9 ぼくの北町第二小学校 55
10 ゴリラバナナ到着予定時刻 60
11 ヌンチャクゴリラ誕生 72
12 いざ出陣 84
13 作戦Bってなんですか 88
14 ぼくはキラキーラ様 94
15 出るか、ヌンチャクタイフーン 105
16 あまりにも深刻な事態 110
17 大事な2パーセント 116
18 まさかの半分ゴリラ 128

プロローグ　1億年ぶりの地球

ガチャッ！

「ニョルニョルゾ隊長！　大変れす！」

「ああ、天王星なら、何の問題もなかったと、さっき報告を受けましたよ。次の星は……、そう、地球れしたね」

「その地球が、大変なのれす！」

「まあまあ、そんなにあわてなくてもいいれしょう。今、わたしはアペラ星のお笑い番組を見ていて、忙しいのれす。ほら、おかしいれすよ〜。『惑星が、わ、くせー』って。くーっくっくっく」

「ひゃーっ、それはおかしいれすね、わ、くせー？　わくせいだけに？　くーっくっくっく！　って、隊長！　宇宙船の中でお笑い番組見ないでくらさい、仕事中なんれすから」

「あっ！　なにも、消さなくても。わかりましたよ、聞けばいいんれしょう。地球が、どう大変なのれすか」

「それが、見たこともない生き物が、それはもう、うようよしていて、地球をこわしているのれす！」

「またまたあ。地球でしたら、わたしも1億年ほど前に見まわりましたが、ほんとうに水と緑がきれいな星れしてねー。ま、大きな恐竜がいて、ちょっとこわかったれすけど、なにか問題が起きるような星では、なかったれすよ。そう。あのころは、わたしもまだ宇宙保安部隊の新人隊員れした。わたしの上司は、なんと、あのキラキーラ様だったのれすよ。今では、宇宙界のトップになられて。なつかしいれすねえ。あれから1億年もたったとは」

「ニョルニョルゾ隊長。のんきに昔をふりかえってないで、この画像を見てくださいなのれす」

「な！　ななんと！　1億年前と全く違うじゃないれすか。これが、本当に地球なのれすか」

「この、うようよと、たくさんいるのが、『ニンゲン』という生き物れす」

「ニンゲン？　初めて見ました。そんなに大きな生き物ではなさそうれすが、ずいぶんたくさんいますね」

「報告によると、ニンゲンは、進化するにつれ、地球をこわしはじめたようれす。最近では、地球が割れてもおかしくないようなケンカまでするそうれす」

「むむう。それは聞き捨てなりませんね」

「はい隊長。ニンゲンはもともと、チンパンジーや、ゴリラの仲間れす。これがゴリラの画像れす。遺伝子はニンゲンとほとんど変わりません」

「ゴリラも、地球を、こわしますか？」
「いいえ、体は大きいれすが、地球にやさしい生き物れす」
「なるほど。進化して、地球をこわすようになった、ニンゲン……」
「どうしますか、ニョルニョルゾ隊長」
「そうれすねー。ハイ、決めました！　ニンゲンをぜんぶ……」
「ニンゲンをぜんぶ……？」
「うん。ゴリラにしちゃってくらさい」

1 ぼくの家は駐在所

ぼくの名前は、山崎ようじろう。北町第二小学校の、5年生だ。
北町の商店街で、ねぐせがひどくて、小柄な小学生を見かけたら、それがぼくだと思ってまちがいない。
ぼくのかみの毛、朝起きると、それはもうびっくりするくらい、ねぐせがついてるんだ。
「今日もすごいな〜、ようじろう」
「今日のアタマは、鳥が住めそう」
「ここまでくると、芸術作品だね」
って、毎朝のように先生や友だちに言われるよ。まあ何のじまんにもならないけどね。じまんできること、といったら、お父さんが警察官なこと、くらいかな。
ぼくは、北町商店街の角にある、駐在所の子なんだ。駐在所って、知ってる？

北町駐在所
POLICE

おまわりさんのいるところ。駐在所の、となりが家になっていて、ぼくは、お母さんと、お父さんと、3人で、そこに住んでいるんだ。

さてさて。ぼくが家に帰ると、お父さんは駐在所で警察官の制服を着て、書類を書いていた。お昼ごはんを食べそこねちゃったのか、バナナをほおばっている。がっちりした体格で、柔道五段。ラグビーもやっていたことがあるお父さんが、バナナをほおばっている姿は、ちょっぴりゴリラみたいだ。

これでも、商店街のみんなに、けっこう、たよりにされてるおまわりさんなんだ。

「ただいま」とぼくが言おうとした時だ。ぼくを押しのけて、『ラーメン辰龍』の辰さんが、駐在所にとびこんできた。

「山崎さん、いや、おまわりさん！　食い逃げだよ！」

お父さんは警察官の帽子をかぶると、

「食い逃げ？　よしきた。つかまえてくる！」

と、言うやいなや、まだ半分残っているバナナをぴゅーんとほっぽりだして、自転車にまたがった。発進！

「おいおいおい、そっちじゃないよ！　左だよ！」

大声で辰さんに言われて、

「ああ、こっちか、了解！」

お父さんの自転車がキキーッとUターンする。

猛スピードで走っていくお父さんの背中を見送りながら、辰さんはぼくにつぶやいた。

「ようじろう。おれ、まだ、食い逃げ客がどんなやつか、言ってないよね？　どうやってつかまえるつもりなんだ、あのおまわりさんは」

そう。うちのお父さん、いつもいきあたりばったり、なんだよね。

2 おまわりさんがゴリラになった？

それでもちゃんと食い逃げ客の男をつかまえてくるお父さんは、やっぱり商店街じまんのおまわりさんだ。

お父さんに連れてこられたのは、ひょろっとした、動物でいうとヤギみたいな顔の、若い男の人だった。おびえきったようすで、細い体を半分に折るようにして、ひたすらあやまっている。

「ごめんなさい。ごめんなさい。かんべんしてください」

「で、何を食べたんですか」

書類を広げながらお父さんが聞く。

「えっと、ラーメンと、ぎょうざ、です」

「ぎょうざは大盛りだろ」

横から辰さんがつっこむ。

「はい！　そうでした、大盛りでした、すみません！」
「そのあと、半チャーハンも、追加して食べただろうよ」
辰さんが腕組みをする。
「はい！　すみません！　半チャーハンも、食べました！」
お父さんがメモを取りながら、食い逃げ客をたしなめる。
「だめですよー、食べたら、お金、はらわなきゃ。3品も食べたんでしょう？　しかも、ちょっとずつ少なめに言おうとするのやめてもらえます？　それで、と。ラーメンは、しょうゆ？　それとも、みそ？」

「あっと、いえ、塩ラーメンを……」
それを聞いたお父さんが顔をしかめる。
「塩？　辰龍で食べるなら、しょうゆラーメンが一番おいしいのに。チャーシューは？　のせました？」
「いえ、トッピングは、もやしを……」
「だめですよ～、あの店は、もやしのせたら、ラーメン、ぬるくなっちゃうから」
それはないない、と手をふるお父さんに、
「なんの話だよ、食い逃げの話だろ」
と辰さんが不機嫌そうに言う。ああそうだった、とお父さん。
「お金、ないわけじゃないんでしょう？　はらってくださいよ」
「はい！　レジにだれもいなかったので、本当につい、出来心で！　絶対に、もうしません。二度としません。はらいます。だから、どうかおそわないでください！　こわいよう」
両手をすりあわせる食い逃げ客を見て、辰さんが、あきれ顔で言う。

「おそわないでって。とって食ったりしないよ」
すると、食い逃げ客は、青い顔をしてお父さんを指さした。
「だって、このおまわりさん！　ぶわあああああ、って、お、お、大きなゴリラになったんですよ！」
みんなお父さんのほうを見る。……大きなゴリラ？
辰さんが苦笑いして、食い逃げ客の肩に手を置いた。
「失礼なことを言うやつだねえ。たしかにこのおまわりさんは、ちょっと、ゴリラに似てるかもしれないよ。ちょっとかな、まあ、けっこう？　似てるっちゃ、たしかに似てるよ。ゴリラでしょ？　みんなそう思ってはいるよ。でも、いい大人が、おまわりさんに面と向かって、『ゴリラ！』なんて言っちゃだめだよ。『ゴリラみたいなすごい顔でウホウホおっかけてきた』ってことだろう？」
辰さん、それもじゅうぶん失礼だと思うけど……。食い逃げ客は今にも泣きそうな顔で言った。
「ちがいます、本当に、見たこともないような、黒い大きなゴリラになったんです。お金なら、はらいますから、ボクを食べないでください」
食い逃げ客は、なみだ目でラーメン代を机の上に置くと、逃げるように出ていった。
そこに、お母さんがお茶を運んできた。
「あら、お茶も飲まずに帰っちゃったのね」
お父さんは、何度もゴリラと言われたのを気にしたのか、かがみにうつる自分とにらめっこしている。辰さんが、お父さんの肩をポンポンとたたいた。
「いやあ、たいしたもんだよ。食い逃げ客をつかまえてくれて、たすかったよ。さすが、商店街のおまわりさん」
「……そんなに似てる？　みんなそう思ってる？」
「ああゴリラの話？　いやいや、思ってない思ってない。ノリでおおげさに言っただけだから。気にしないで、今度、ラーメン食べに来て。ごちそうするからさ」
じゃあな、ようじろう、と辰さんはぼくのねぐせ頭をモシャモシャなでて、笑顔で帰っていった。

3 お父さんがゴリラになった！

その夜のことだ。

おふろからあがったぼくは、パジャマを着て、バスタオルでかみの毛をふく。リビングに行くと、テレビでは、野球をやっていた。お父さんの好きなハイスターズの試合だ。5対1で、負けている。

「もう9回なんでしょう。4点差つけられちゃってるんじゃ、無理だよ」

ぼくが言うと、

「何言ってるんだ、ようじろう。『野球は9回2アウトから』って言葉、知らないのか」

お父さんが応援しているハイスターズのバッターが、大きくバットをふった。打球がのびる。そして、ぼくの目の前ですごいことが起こった。

「大きい、大きい、いけえ！　はいれ！　よっしゃ、見たか、ホームランだ！

3点入った、こりゃひっくり返すぞ！」

ぼくは目をまるくした。すごいことが起こったのは、野球のほうじゃない。お父さんのほうだ。

ビール片手に大興奮で、声を上げているお父さんを見ると、なんと、その姿は、大きな、真っ黒い、毛むくじゃらの、ゴリラだったのだ。いつものお父さんの大きさの、3倍はある。

ぼくは自分の目をうたがった。

——ゴリラが立ち上がって、よろこんでる。

目をこすって、もう1回見る。

——ゴリラが、CMを見ながら、ビールをついでいる。

ぼくがおかしくなったのか？

——ゴリラが、あと1点♪と、はなうたを歌いながら、小おどりしている。

お母さんは台所にいて、気づいていない。

ぼくはあわてて、お父さんを、かがみのある洗面所に連れて行った。正確には、連れて行こうとして、苦戦した。
「お父さん、ちょっと！　洗面所に行こう！」
「何だよ、ようじろう」
「いいから早く！　歩いて！　前に進んで！　洗面所でかがみ、見て！」
「かがみ？　お父さん、大事な野球見てる最中なんだよ。逆転するところなんだぞ。もうすぐCM終わっちゃうだろ」
「それどころじゃないんだってば！」
ゴリラ状態のお父さんを全力でひっぱり、背中を押し、なんとか洗面所に両手でぎゅうぎゅうと押しこんで、ドアをしめる。
「なァようじろう、たのむから、後にしてくれよ。今お父さん、野球が本当にいいところ……**うおおおおお！**」
洗面所のかがみで自分の姿を見たお父さんが絶叫した。そりゃあそうだ。かがみには、うつりきらないような大きな黒いゴリラが、うつってるんだから。
「ようじろう、大変だ。ゴ、ゴリラだよ！」

ヨゴレを
トルネード

お父さんが言う。
「おれと同じように動くよ！　いや、おれが、ゴリラだよ！」
「わかってるよ！　だから、かがみ見てって、何度も言ったじゃん」
「なんでこんなことに？？？？」
黒いゴリラが、毛むくじゃらな手で頭をかかえる。
やっと問題を共有できた。
「ぼくが聞きたいよ、お父さん、なんでゴリラになっちゃったの」
「ようじろう！　どうやったらもどれる？　おれ、どうしたらいい？」
「知るわけないよ、どうしてゴリラになっちゃったの。もうもどれないの？」
この上なくワタワタしているところに、お母さんの声がした。
「なんなのー、ふたりして、大きい声出して」
ろうかからお母さんがこっちにくる。ぼくとお父さんは、顔を見合わせた。
ぼくはできるだけ、ふつうな声で、答える。
「なんでもないよ～、お母さん。今、おふろ入るところ～」

「何言ってるの、ようじろう。さっきおふろ入ったばっかりじゃないの」
そうだった。洗面所のドアの取っ手に、お母さんの手がかかる。
「えっと、でも、お父さんともう1回、入るから！」
そう言ってぼくは洗面所のドアを押さえた。お父さんも、この姿を見られては大変と、すっとんきょうな声を出す。
「きゃー、いやー、お母さんが、おれのおふろを、のぞこうとするうー。今、おれは、はだかなんですー」
「ばかね、もう。のぞいたりしないわよ」
お母さんが、洗面所のドアから手をはなした。ろうかをスタスタと台所にもどっていく足音がする。ぼくとお父さんは安心して、ほううう、とため息をついた。
すると、お父さんが、大きなゴリラから、ゆっくり、ゆっくりと、いつものお父さんにもどった。
ぼくとお父さんは、せまい洗面所にすわりこんだ。

「人間に、もどれたな……」
お父さんがつぶやく。
「もどれたね……」
ぼくもつぶやく。
「ゴリラ、だったよな……」
「ゴリラ、だったね……」
「こわかったな……」
「こわかったね……」
「おれ、もどれないかと思ったよ……」
「ぼくもだよ……」
それからしばらく沈黙がつづいて、ぽつりとぼくが言った。
「お父さんて、ゴリラだったの？」
「そんなわけあるかよ。ごくふつうの、人間だよ。すくなくとも、今の今まで、人間だと思って生きてきたよ。なんでゴリラに……」

「ゴリラになったのは、初めて？」
「これが2度目のゴリラなんです、とか、あるか？　初めてにきまってるだろう」
ぼくは、ちょっと考えてから、言った。
「いや、本当に、2度目のゴリラかも」
お父さんがどういうことかと、ぼくを見る。
「お父さん……食い逃げ客の人に、大きなゴリラになったって、言われてたよね」
「あ…」
お父さんも思い当たったようだ。
それから、ぼくとお父さんが考えたことは、こうだった。
もしかしたら、お父さんは、興奮すると、ゴリラになってしまう体質に、なってしまったんじゃないだろうか。
どうしてなのか、いつからそうなったのかは、わからないけれど。

だから、食い逃げ客の男を追いかけたときも、興奮して、ゴリラの姿になった。野球の応援をしているときも、ゴリラの姿になった。食い逃げ客の言っていたことは、きっと本当だったんだ。

「いつからそうなったか、こころあたりは、ないの」

ぼくは聞いた。

「こころあたりって、言われてもなあ」

お父さんが腕組みをして、考えこむ。ぼくも考える。

「いつもとちがうことをしたとか、いつもとちがうものを、食べたとか」

お父さんは、うつむいていた顔をあげて、言った。

「人にもらったバナナなら、食べたけど」

バナナを食べたら、ゴリラになった？

あえて言うけど……そんなバナナ。

4 相談しよう　そうしよう

結局、洗面所でお父さんと話し合った結果、病院に行っても、きっとおどろかれるだけで、治す薬なんてないだろうし、おまわりさんなのに興奮するとゴリラになるなんて、町の人を不安にさせるし、とりあえず、興奮しなければ人間でいられるみたいだから、なるべく興奮しないようにして、しばらく様子をみよう、ということで、いったん、話が落ち着いた。

洗面所から部屋にもどろうとすると、お母さんが、ぼくを呼びとめた。

「ようじろう、さっき、電話があったわよ。同じクラスの、森川みさきちゃんから。電話、かけてあげて」

森川さんは、ぼくのとなりの席の女の子だ。美人さんで、頭もいい。

となりの席になるまでは、ツンとした、冷たい感じかと思っていた。ニコニコ笑っているのも、あんまり見たことがなかったからだ。でも、となりの席になってみたら、ぼくが消しゴムを忘れた時に、貸してくれたり、授業中に、ノートに書いた先生の似顔絵をぼくに見せてきたり、思っていたよりずっと、話しやすい子だった。

ぼくが森川さんに電話をかけると、森川さんは言った。

「連絡とれて、よかった。ようじろうくんの算数のノート、まちがえてわたし、持って帰ってきちゃったみたいで。今、わたしが持ってるの。ごめんね。明日、学校に持っていくけど、困ってなかった？」

「あー……」

算数の、ノート。お父さんのゴリラ事件から、急に現実にもどされた気がする。

「ぜんぜん、気づかなかった……」

ぼくの間のぬけた返事を聞いて、森川さんが言う。

「だよね。ようじろうくん、家でノート出して勉強するってタイプにも、見えないしね」

ごもっともです。

歯切れのいい、いかにも頭のよさそうな森川さんの声を聞いていたら、たしか森川さんのお父さんは、お医者さんだった、ということを思い出した。……お医者さん！

じゃあノート明日わたすね、と電話を切ろうとする森川さんに、

「あのさ！」

とぼくは言った。

「森川さんって、お父さん、お医者さんじゃなかったっけ」

「そうだけど」

「色んな患者さんが、いるよね」

「まあ、そうだろうね」

とはいえ、さすがに、興奮するとゴリラになっちゃうんです、という人は、なかなかいないだろう。でも、森川さんなら、ちゃんと説明して、真面目に相談したら、何かいいアドバイスをくれそうな気がした。

「あのさ、変なことかもしれないけど、ちょっと相談、してもいい？」

「相談？　なに？　どうしたの」
「じつは、さ……」
「うん」
「うちの、お父さんが」
「うん」
「お父さんが、ゴ……」
「ゴ？」
ゴリラになったんだけど、どうしたらいいと思う？　なんて、やっぱり言えるわけがない。
「ゴ、ゴ、ごはん、最近、食べすぎだと思うんだけど、心配、だよね？」
上ずった声でぼくが言う。
「なんだ、そんなこと？　深刻そうな

声で言うから、何かと思った。うちのお母さんだって、お菓子がとまらないって、よく言ってるよ」
「だけど、それだけじゃなくて、ゴ……」
「ゴ？」
言いたい。だけど、言えない！
「ゴ、……5人分も、食べるんだよ」
「えー！　5人分も？　それはさすがに、食べすぎだね」
「う、うん。それで、ゴ……」
「ゴ？」
言え、言うんだ、ようじろう！
「なによ。まだあるの。ハッキリ言いなさいよ」
「わかった。言うよ！　ハッキリ言う」
そうだ、ぼくも男だ！
「じつは！　お父さんが！　ゴリ！」

「ゴリ？」

「そう……あの、ゴリ、ゴリ、……ゴリ、おし、してくること、ない？　勉強しろ！　とかって、さ。もう、それは、ゴリゴリと、って感じで」

「ああー、それねー。そういう悩みね。親が言ってくることってさあ、」

森川さんが、ちょっと考えてから言う。

「音のはずれた応援歌と似てない？」

「え、音のはずれた？」

ぼくが聞き返して、森川さんが答える。

「そう。応援してくれるのはありがたいんだけど、なんかズレてるし、うるさい」

ああー、うまいこというねえ、って。

ああ。ゴリラの件、やっぱり言えなかったや……。

5 宇宙じいさん

その夜、ぼくは、なかなか寝つけなかった。当たり前だ。自分のお父さんが大きなゴリラに変身するのを見たのに、あっさりグーグー寝られる子なんかいるだろうか。

そして夜中の何時ごろだろうか、布団をかぶって、やっとウトウトしかけた時、ハッと思い出したことがあった。思い出したのは、「宇宙じいさん」の話だ。

宇宙じいさん、というのは、近所に住んでいる、かなり変わったおじいさんのことだ。「もうすぐ地球に宇宙人が来る」だの、「今、宇宙人は天王星を調査している」だの、そんなことばっかり言っているので、「宇宙じいさん」と呼ばれて、変人あつかいされている。

商店街からすこし離れた高台に、むかし天体観測所だった古い建物があって、そこに住んでいるのだ。そのあたりは、うっそうと緑が茂っていて、今ではだれも近づかない。

宇宙じいさんについては、「昔、宇宙ロケットの開発をしていた科学者らしい」とか、「天体観測所を作ったのがあのじいさんだ」とか、「ノーベル賞をもうちょっとでもらえるところだったのに、もらえなかったから気が変になったらしい」とか、いろんなうわさがあって、本当のところはわからない。でも、その宇宙じいさんが、ついこのあいだ、こんなことをふれまわっていたんだ。

「宇宙人は、人間を、ゴリラにしようとしている！」

もちろん、そんな話、みんな相手にしない。

「うわあ、おれ宇宙人にゴリラにされたあ、ウホウホ」

「ぎゃははは」

ぼくも、小学校の友だちといっしょに、笑いとばして本気にしなかったから、すっかり忘れていたけれど……。もしかして、その話、本当だったりして。だから、お父さんがゴリラに……。いやいや。夜中だから、こんな変なことを考えるのかな、と、もう一度布団をかぶる。宇宙人とか、ナシだろう。

でも、今、唯一、お父さんがゴリラになってしまう話をする相手として、のぞみがあるとすれば、宇宙じいさん、なんじゃないだろうか。みんなには変な人だと思われてるけど、お父さんは、悪い人じゃないと言っていたっけ。

こうなったら、勇気を出して、宇宙じいさんの所に行って、それとなく、遠まわしに、1回、聞いてみる、とか……。やっぱりあやしいおじいさんだから、やめておいたほうがいいかな。

6 天体観測所へようこそ

「なにィ！　もうゴリラバナナを開発してきおったか！」
ぼくとお父さんの話を聞くなり、宇宙じいさんは開口いちばんそう言った。
「ゴ、ゴリラバナナ？」
「人間が食べると、ゴリラになるバナナじゃよ。宇宙人が、つくったんじゃ」
ぼくとお父さんは目をしろくろさせた。
ぼくは結局、お父さんに相談して、だめもとで、いっしょに宇宙じいさんのいる天体観測所に来てみたのだ。うっそうとした森の奥にある天体観測所は、たくさんツタがからまっていて、どこが入り口かわからないくらいだった。
要塞のようなコンクリートの建物の中に入ると、見学に行ったことのある、テレビ局みたいに、たくさんのモニター画面が並んでいた。それから、何か大きな機械を分解したような、金属のパーツやなんかが、所せましと置かれている。机の上には、難しそうな本やら書類やらが、山づみになっていて、ちょっとさわったらなだれが起きそうだ。

とつぜん会いに来て、『お父さんが興奮するとゴリラに変身する』なんて、たしかにこちらもおかしな話をしたけれど、『ゴリラバナナ』って。そんな話、信じられる？

「それにしても、おまえさん、すごいねぐせじゃな。これはどうなっておるんじゃろう」

宇宙じいさんがぼくの頭を見て、眼鏡を外して目を細める。

「あの、ぼくのことはいいので、お父さんを……」

「おお、そうじゃった」

宇宙じいさんは、今度はお父さんをいぶかしげにながめると、顔やら背中やらおしりやらを、スリスリとさわった。お父さんが居心地のわるそうな顔をする。

宇宙じいさんは言った。

「ゴリラになるはずが、どうして今は人間でいられるんじゃろう？」

「もしかして……」
話を信じたわけじゃないけど、ぼくは言った。
「半分しか、食べなかったから？」
そう。あの時、お父さんは、食い逃げ客を追いかけに出たから、バナナを半分しか食べていなかったんだ。宇宙じいさんは、ははあん、なるほど、といった様子でうなずくと、
「それで半分ゴリラ、なのじゃな。おそらくまちがいないじゃろう」
とつぶやいた。

宇宙じいさんは、宇宙の様子がうつし出されたモニターをぼくたちに見せながら、説明してくれた。
「広い宇宙の安全を、定期的に、見まわっている宇宙人たちがおってな。地球を調査しに来たのは、わしが調べたかぎり、おそらく1億年ぶりのことじゃ」
「どうして、そんなことがわかるんですか」

遠慮がちにぼくが聞く。宇宙じいさんは答えた。
「この天体観測所で、わしは宇宙の電波を受信することに成功した。まあ、盗聴みたいなもんじゃ。宇宙人の会話を、とぎれとぎれにだが、聞くことができる。言葉の意味も、だいぶわかるようになってきた。翻訳機も、もうすぐ完成する」
宇宙じいさんは、小さな白いイヤホンのようなものを手に取った。
宇宙語を、日本語にかえる、翻訳機。宇宙じいさんは、英語、ドイツ語、フランス語、アラビア語などなど、なんと8か国語も使いこなせると、うわさで聞いたことがあるけれど。それが本当なら、9か国語めが、宇宙語というわけだ。
宇宙じいさんは続けた。
「どうやら、宇宙人たちは、人間のことを、『危険な進化をして、地球をこわしている生き物』と判断したらしい。それで、人間を、ゴリラにしてしまえば、地球が守れる、と考えたようじゃ」
それから宇宙じいさんは、
黒板に、なにやらむずかしい図を書きはじめた。

「人間もゴリラも、祖先は同じ。人間とゴリラの遺伝子は、約98%は同じじゃと、言われておる。そのちがいは約2%。ゴリラバナナは、その2%に作用するように、宇宙人が開発したんじゃ。人間が食べると、ゴリラになってしまう。それがゴリラバナナじゃよ」

7 宇宙人がしゃべってる

宇宙じいさんは、黒板からふり返ると、おもむろに、
「聞いてみるか？」
とぼくに言った。
ぼくが、なにを？　という目で宇宙じいさんを見る。
「宇宙人の、会話じゃよ」
ぼくはゴクリとつばをのんだ。宇宙じいさんは、
「まだ翻訳しきれてないのじゃが」
と言いながら、パソコンのひとつをいじりはじめる。そして、画面の中にある「再生」というところに触れた。パソコンの画面には波長みたいなものがうつり、食器をガチャガチャ重ねた時のような雑音が聞こえる。
そして、その雑音に混ざって、声、のようなものが、聞こえてきた。これが、

宇宙人の、会話？　ぼくとお父さんが、耳をすませる。
たしかに、とぎれとぎれだが、……聞こえる。

『レイノ　バナナハ……　デキマシタカ』
バナナ！　そう聞き取れた。
ぞぞぞっ、と鳥肌が立つ。
『ハイ　……タイチョウ……モウスグ　ニンゲ…ヲ　ゴリ…ニ…レス』
ゴリ、とも言っている。
ゴリラのことだろうか。
『サクセンハ　マカセマシタヨ』
『ハイ。チキュウニハ　キュー……トイウモノガ　アリマス。
キュー……ノ　バナ…ヲ　……バ　オオゼイノ
……ガ　……ニ……ナナヲ　タベルノレス』
キュー？

キューって、言ってるみたいだけど、何のことだろう？

お父さんとぼくは、顔を見合わせた。

たしかに、これを聞くかぎり、宇宙じいさんの言っていることは、正しいみたいだ。

宇宙人が、人間をゴリラにしようとして、ゴリラバナナを開発した。

もし、それが本当なら……。

「ひいいいいい！！！」

お父さんとぼくは、こわさのあまり、手に手を取り合った。

「お父さん、こわいよ！　お父さんにバナナわたした人、宇宙人だよ！」

「ようじろう、こわすぎるよ！　おれ、もしバナナ、全部食べちゃってたら、今ごろ、身も心も、ゴリラだったんだぞ！　もう、人間じゃなかったんだぞ！」

それもそうだ！　それもこわい。いやあああああ！

興奮したお父さんは、ゾワワッ！　ムクムクムクッ！　と大きなゴリラになってしまった。腰をぬかしたのは、宇宙じいさんだ。
話を聞いてはいたものの、急に大きなゴリラがとなりに出現したのだ、無理もない。
「ゴゴゴッゴ、ゴリラじゃ！」
しかし、そこはさすが科学者、宇宙じいさん。
毛むくじゃらのお父さんゴリラを、おそるおそるさわると、
「もふもふしておる……」
と感想をのべ、
「おまえさん、本当にゴリラになれるんじゃな！」
と、感激しだした。
「こりゃ、すごいのう♡はっは」
もはや、うれしそうだ。
お父さんがゴリラになっちゃって、本気で困っているぼくが、宇宙じいさんを、小さくにらむ。宇宙じいさんは、コホンとせきばらいした。

「これは、深刻な事態じゃ」
さっきはうれしそうな顔、してましたけどね。
それから宇宙じいさんは、こわい話をする時のような低い声で、お父さんに聞いた。
「バナナをくれたのは、どんなやつじゃった？　覚えておるか？」
お父さんはゴリラのまま、思い出すのもおそろしいといった顔で言った。
「どんなって……普通の。スーツを着た、若い、男の人でした。道を聞かれたから、教えてあげて。そしたら、お礼にどうぞって、バナナをくれたんです……」
お礼に、どうぞ。
こわすぎる。
3人とも、そのスーツの若い男が、
駐在所を出たあと、
ゆっくりと、
宇宙人の姿に、もどるのを、想像した。

再び、絶叫がひびく。

「**いやあああ！！！**」

一番大きい声でさけんだのは、宇宙じいさんだ。

いやいや、ぼくとお父さんが、「いやあああ」なのはわかるけど、宇宙じいさんまで、なぜ絶叫？

「わしも、宇宙人、こわいんじゃ！」

宇宙じいさんが、恥も外聞もなく言い放った。

そんなわけで、ぼくの中の、宇宙じいさんの情報は、書きかえられた。

宇宙じいさんは、たしかに変人だけど、悪い人ではなさそうで、うわさ以上の天才で、だれよりも、宇宙人にくわしくて、そしてだれよりも、宇宙人に、びびっている……。

8 武器ってこれですか？

……はあ。

ぼくとお父さんは、駐在所に帰ってきた。もちろん、お父さんが落ち着いて、人間にもどってからだ。

お父さんは、銀色のスーツケースを、ドン、と机の上に置いた。銀行強盗が、現金を入れて運びそうな、スーツケースだ。お母さんは、買い物に行っている。お父さんがスーツケースのふたを開ける。

うーむ。お父さんは、ため息をつき、ぼくは、腕組みをした。

このスーツケース、何かというと。さっき、宇宙じいさんにわたされて、持って帰ってきたものなんだ。宇宙人を想像して、いやあああ、と3人で絶叫した、そのあとのこと。宇宙じいさんが、天体観測所の奥から、なにやら頑丈そうなスーツケースを、持ち出してきたんだ。
「まだ開発中なんじゃが」
宇宙じいさんの眼鏡が、キラリと光った。
「いずれ、宇宙人から身を守らなければならない時がくる。そう思ってな」
まさか、武器！
武器を開発していたのか。
宇宙じいさんがスーツケースをガチャ、ガチャ、と開ける。どんなすごい武器が入っているのだろうと、ぼくとお父さんは、息をとめてのぞきこんだ。
銃から、ビームとか、出ちゃうやつ？　光っちゃう、ソード的なやつ？　それとも、なんかもう、進化しまくった武器で、操作が複雑そうなやつ？？　ここだけは、ちょっとテンションが上がってしまう。
どきどきしながらのぞきこむと、そこに入っていたのは、大きくて、重そうな、2本の棒……だった。
「これは……えっと……」

ぼくが言葉につまる。お父さんがひょうしぬけした声で聞いた。
「……もしかして、ヌンチャク？」
たしかに、ぼくのイメージより大きいけど、ヌンチャクだ。
ヌンチャクって、アチョー、って、やつでしょう。ひらたく言えば、振りまわす棒だよね。原始的すぎるでしょう。
「あの、なんかもっとこう、銃とか、ビームみたいなものとかじゃ、ないんですか」
「ばかもの。そんなことしたら、宇宙人が死んでしまうだろう」
宇宙じいさんが眉をあげる。
「いいか、ねぐせ少年。われわれは、宇宙人を傷つけてはいかんのだ。そうでなければ、わしらは、自分たちが、ゴリラにされて当然の、乱暴な生き物だと、証明するようなものじゃろう。今回の、わしらのミッションは、攻めてきた宇宙人を、傷つけずに宇宙に帰すこと。それができる武器が、必要なんじゃよ。これは、そのために作った、特別なヌンチャクなんじゃ」

宇宙じいさんが、力をこめて説明しだした。

「このヌンチャクは、わしの改造により！　強い力でまわすと、ハリケーン並みの突風が巻き起こる仕組みになっておる。いいか。宇宙人は、人間より、はるかにかるいんじゃ。宇宙にいて、筋肉がないしな。よって、ヌンチャクをビュンビュンまわした風圧で、宇宙人を空のかなたまで飛ばし、宇宙に帰っていただく。名付けて、『ヌンチャクタイフーン』じゃ！」

ヌ、ヌンチャクタイフーン。

たしかに、海外のニュース映像で、ハリケーンの突風が、家や車を空たかくまで飛ばしてるのを、見たことがある。あんな感じで、宇宙人を、宇宙まで飛ばすって、ことか。

「ただ、人間の力では、そこまで強い力でこの大きなヌンチャクをまわせない」

そこ、一番だいじなとこなんじゃないの⁉という目でぼくとお父さんが、宇宙じいさんを見る。

「だからまだ開発中だと言ったろう！！！」

宇宙じいさんが逆ギレした。
「しかしだ。今日ここに、一筋の希望が見えたといえよう。このヌンチャクをまわすのが、大きなゴリラなら、話は別」
まさか。
宇宙じいさんは、おごそかな面持ちでお父さんの前に立った。
「さっき、変身したおまえさんを見て、わしは確信した。ゴリラの握力は500キロ、パンチ力は2トンとも言われておる。おまえさんがゴリラの状態でまわせば、ヌンチャクタイフーンを起こせる！」
宇宙じいさんはそう言って、お父さんに、ヌンチャクを、手わたした。
「犬のおまわりさんならぬ、ゴリラのおまわりさん。このヌンチャクで、ヌンチャクタイフーンを起こせるようになってくれ。そして、宇宙人から、人間を守るのじゃ！」
……とまあ、そんなわけで、ぼくとお父さんは、駐在所にヌンチャクを持って帰ってきた、というわけだ。

ぼくは、ポケットから、もぞもぞとDVDをとり出す。

ブルース・リー主演の『燃えよドラゴン』のDVDだ。

『ヌンチャクといったらブルース・リーじゃ！　ブルース・リーといったらヌンチャクじゃ！　ヌンチャクをマスターするなら、これ一択！』

と、宇宙じいさんにわたされたやつだけど……。

これって、昔の、有名なカンフー映画だよね。ブルース・リーって人のDVD観て練習しただけで、ヌンチャク

できるようになるかな……。
宇宙人、いつ、どこに、ゴリラバナナを持ってくるつもりなんだろう。

そういえば、と、ぼくは、お父さんに聞いた。
「お父さん」
「うん？」
「宇宙人に、道を教えてあげたって言ってたけど、どこに行く道を聞かれたの」
お父さんが、ああ、という顔をする。
「そうだ。小学校だよ。小学校に行く道を聞かれたんだ」
とお父さん。小学校？
「小学校って、ぼくの通ってる、北町第二小学校？」
「そう。言われてみれば、なんでだろう」
ぼくも、お父さんも、うで組みをして、首をかしげる。
うちの、小学校への道を、宇宙人が、聞いていった……？

9 ぼくの北町第二小学校

さて。ここがぼくの通う、北町第二小学校だ。
今は給食の時間。
「明日の朝、うちの班が、飼育小屋のそうじ当番だからね」
班長の三好さんがシチューを食べながらそう言って、ぜんぜん聞いていない小沢くんが、
「ミカン、てさー、コカン、と一文字ちがいだよな！」
へらへらした顔で笑い、ちこくしたら怒るからね、と三好さんににらまれる。
「それ、ミカンじゃなくて、オレンジだし」
冷静につっこむのは、電話をくれた森川さんだ。
「じゃあさー、給食に出てくるもので、みんなで、ダジャレ、言おうぜ」
パンをほおばりながらヒロキが言って、

「えー、思いつかないから、無理〜」
えっちゃんが恥ずかしがる。
しっかり者の三好さんに、お調子者の小沢くん、クールな森川さんに、盛り上げ上手なヒロキ、照れ屋のえっちゃん、それと、ぼく。これが給食のときの、ぼくの班の顔ぶれだ。
「給食に出てくるもので、ダジャレだからな。じゃ、ようじろうから」
「え、ぼく？」
ダジャレか。牛乳を飲みこんで、給食のメニューを思い出す。
「えっと……カレーが辛え」
初歩的すぎるダジャレ

に不意をつかれたのか、班のみんなから笑いがおこる。
「オレんちのオレンジ」
と、小沢くんが、オレンジを持ち上げる。
「パンを食べて、おなかパンパン」
パンをおかわりした、ヒロキが言う。
「シチューを食べながら、はなしチュー」
三好さんのダジャレに、おお、ちょっとうまいかも、と歓声があがる。
えっちゃんは、
「えー、ゴメン、ほんとうに思いつかない！」
と頭を抱えた。
「パスかよー」

「だって思いつかないんだもん～」
「じゃあ森川さん」
クールな森川みさきが、何を言うかと、みんな注目した。
「……プリンが、プリンプリン……？」
普段言いそうのないことを言う森川さんに、みんな大爆笑した。森川さんも、顔を赤くして、自分のダジャレに苦笑している。森川さんは、どうやら、プリンが好きらしい。ランドセルにも、プリンのキーホルダーがついているのを、ぼくは知っている。
それから、みんなより早く給食を食べ終わったヒロキが、お皿をレコードにみたてて、ラップ調で、歌いはじめる。
「キュ、キュ、キュ、給食うまくてたまげたぜ、イエー♪
キューリじゃないよ、キューショクだYO♪
キューコンじゃないよ、キューショクだYO♪
オレは給食がなにより大好きさ、イエー♪」

ヒロキのデタラメなラップに、みんな笑う。
「こら。給食の時間に、大きな声出さないの」
安西先生がヒロキをたしなめて、クラスにまた笑いが起こる。
なんて平和なんだ。
ヒロキは小さい声で、うるさくしちゃってゴメンYO、とまだやっている。ぼくも笑う。
でも、あれ？　何かが、ひっかかった。何がひっかかったんだろう？
あ。「キュー」っていう言葉だ。昨日、宇宙じいさんの家で、聞いた、宇宙人の会話で、キュー、ってなんだろう、って、思ったんだっけ。
きゅーりじゃなくて、きゅーこんじゃなくて、きゅー、しょく……。
給食。小学校。バナナ。……。
……！
まさかとは、思うけど！

10 ゴリラバナナ到着予定時刻

学校が終わり、小沢くんに、
「ようじろう、放課後、ドッジボールしようぜえ」
と言われたけれど、
「ぼく、今日は、用事ができて、また今度！」
と答えて、ランドセルをつかんだ。
用事ってなんだよー、つきあいわりーなー、という小沢くんの声がおっかけてきたが、それをふりきって、ぼくは宇宙じいさんの天体観測所へ向かった。
「たいへんだよ、もしかしたら、宇宙人がねらってるのって！」
天体観測所のドアを開けると、そこに、お父さんもいた。宇宙じいさんがパソコンから顔をあげる。

「だれかと思ったら、ようじろうか。ねぐせがひどくてわからんかったわい」
宇宙じいさんは、パソコンを指さした。
「きのうの宇宙人の会話じゃが、解析できた。それでおまえのお父さんも、呼んだんじゃ。これを聞いてみろ」

『レイノ　バナナハ　デキマシタカ』
すごい。
今回は、ちゃんと日本語になってる。
『ハイ　ニョルニョルゾ　タイチョウ。
モウスグ　ニンゲンヲ　ゼンイン　ゴリラニ　デキルノレス』
『サクセンハ　マカセマシタヨ』
『ハイ。チキュウニハ　キューショクト　イウモノガ　アリマス。
キューショクノ　バナナヲ　ゴリラバナナニ　スリカエレバ　オオゼイノ
コドモタチガ　イッペンニ　ゴリラバナナヲ　タベルノレス』

『ナルホド　キューショク二　ワレワレノ　バナナヲ　ダシマショウ』

やっぱりそうなのか。ぼくは、宇宙じいさんをみた。

「わしも、キューキューと、何のことか、わからなかったんじゃが、給食のことだったんじゃな。給食のバナナを、ゴリラバナナにすりかえるつもりじゃ。まちがいない」

「それで、小学校への道を、聞いていったんですね」

とお父さん。

みんなが、給食でゴリラバナナを食べたら……

全員、ゴリラになっちゃう！

もちろん、先生もだ。

宇宙じいさんは、

「おまわりさん。道を聞いていった、スーツの男の映像は、持ってきたか」

と、お父さんに聞いた。

お父さんが、小さなＵＳＢメモリをポケットから出す。
「これが商店街の、防犯カメラの映像です」
防犯カメラの、映像。
例の、スーツの男が、うつってるのか！
「でも、ただの、普通の人にしか、見えないですよ」
宇宙じいさんが、受け取ったＵＳＢメモリを機械に差しこむ。
たしかに、再生すると、ただ、スーツの男が、駐在所から出て、カメラの方向に向かって歩いてきて去っていくだけの映像だ。
宇宙じいさんが、映像を解析して、できるかぎりアップにしてみる。男の顔が、大きくうつる。こんなに大きくアップにできるんだ。
あれ。ふつうの、人間にしか見えなかった顔が。
顔の、肌が。
駐在所の入り口から、歩いて、はなれるにつれ……。
ぼくは、お父さんにだきついた。

「肌が！　な、なんか、肌が、半透明になってくよ、お父さん！」
だんだん、シャボン玉と、なめくじの間みたいな肌に、なっていった。お父さんも、ぼくにだきついた。
「目も、白目がなくなって、真っ黒くなったよ、ようじろう！」
ほんとだ、スーパーで売ってるイカの目みたいだ！　いやあああああ。
こここここ、これが宇宙人なの？
宇宙じいさんは、
「わしもこわいんだから、ピーピーさわぐな！　スーツの胸に、なにかバッジがついておる」
と、言いながら、胸元の映像をさらに、アップにした。たしかに、この宇宙人、胸に金色のバッチをつけている。だれかの、顔を、かたどったような？
「これが宇宙人の、ボスの顔なのかもしれんな」
宇宙じいさんが言った。
「枝豆みたいなアタマですね」

とお父さん。たしかに、お父さんがビールを飲むときに、おつまみに出てくる枝豆を大きくして、横にしたみたいな頭だ。その下に、小さめの、顔。はっきりは見えないけど、これが、宇宙人の、いちばんえらい、ボスの顔なのか。

「給食にバナナが出る日はいつじゃ」

宇宙じいさんに聞かれる。そうだ、こんだて表。

ぼくは、背負っていたランドセルを開けて、こんだて表のプリントを取り出して広げた。つもりが、広げたのは、20点しか取れなくて、見せていないテストだったので、すばやくランドセルに押しこんだ。

「ん、そのプリントはなんだ、ようじろう」

とお父さん。

「今のは理科のテストじゃろう？　20点？　信じられんな。わしは100点以外とったことがないぞ」

なんて動体視力がいいんだ。

「今はどうでもいいじゃん、それどころじゃないじゃん。あった、これだ」
ぼくは今度こそ、こんだて表のプリントを広げた。
「バナナ……バナナ……みつからないよ。今月じゃないんじゃないの？」
「いや、あった」
とお父さん。
本当だ、あった。あげパン、牛乳、デザート、バナナ。
日にちを見る。
うそでしょ？
もう1回見る。
「……明日だ！！！！」
ぼくたちは顔を見合わせて、言葉をなくした。
どうすんの？
ねえ、どうすんの？
明日だよ？　これ以上ない、ピンチだよ！

あまりのことに、宇宙じいさんも、お父さんも、かたまってしまった。宇宙人、目光らせて、攻撃してきたり、しないよね？　ぼくたち、生きて帰ってこれるよね？

ぼくは、心の声がもれていたようで、宇宙じいさんが静かに返事をしてくれた。

「今まで盗聴してきたかぎり、ゴリラバナナを持ってくる宇宙人たちは、とても温和な生き物じゃ。争いも、好まない。とはいえぶっちゃけ、わしもこわい」

その時、なにかレーダーのようなものが、ピーピーと鳴った。

宇宙じいさんが、

「宇宙人の会話を、新たにキャッチしたようじゃ」

と言って、パソコンをいじりはじめる。

カチャカチャ。

宇宙語の会話を、宇宙じいさんが、翻訳機にかける。この人、やっぱり天才だ。

宇宙語は、すっかり、日本語に訳されて聞こえてきた。

『タイインノ　ミナサン。
サクセンヲ　カクニンシマスヨ』
『ハイ、ニョルニョルゾタイチョウ！』
『ゴリラバナナヲ　モッテイクノハ　ショウガッコウノ　キュウショクシツ』
『キュウショクシツ！』
『チキュウノ　バナナト　ゴリラバナナヲ　スリカエマス』
『スリカエマス！』
『ジカンハ　チキュウジカンデ　アサ　7ジ』
『アサ　7ジ！』
『ケッコー　ハヤイデスカラ　キョウハ　ハヤメニ　ネテクラサイネ』
『ラジャー！』

朝、7時！

場所は、北町第二小学校の、給食室！
ぼくは、お父さんと、宇宙じいさんを見る。
さすが大人だ、ふたりとも、覚悟を決めた顔にきりかわっていた。
「明日、わしらも、朝7時に給食室に行くぞ」
宇宙じいさんが言う。
お父さんも、気合を入れるように、自分の顔を両手でパンパンとたたいて、うなずいた。
「宇宙人を、宇宙に飛ばして、ゴリラバナナを回収すればいいんですよね。北町第二小学校の、給食を、守ります」
お父さん、やる気だ。いつになく、真剣だ。
ぼくたちは、確認しあった。
ぼくたちの集合時間は、朝6時30分。宇宙人たちより、少し早く着くためだ。
ぼくたちの集合場所は、学校の裏門。裏門に集合してから、給食室に向かう。
宇宙じいさんが言う。

「わしは、明日までに、宇宙語が日本語に聞こえるイヤホンを、3人分用意しよう。敵が何を言っているかわからねば、戦いようがないからな。それから、ゴリラバナナと地球のバナナを見分けるための、バナナチェッカーも必要じゃな。まあ、徹夜すれば、朝までに、なんとか作れるじゃろう」

お父さんも、力強く答えた。

「明日の朝までに、必ず、ヌンチャクタイフーンをマスターします」

さあ、もう一度確認しよう。作戦はシンプルだ。

今日、ヌンチャクタイフーンを、マスターする。

明日の朝、宇宙人を、宇宙に飛ばす。

ゴリラバナナを、回収する。

そして普通のバナナが、給食に出る。

うん。口で言うのは簡単だけど……。

ぼくは、お父さんと宇宙じいさんの服をひっぱった。

「そんなこと、本当にできると思う!?」
お父さんも、宇宙じいさんも、
自信なさげに目をおよがせた。

11 ヌンチャクゴリラ誕生

ああ。

できるかどうかじゃない。やるしかないんだ。

お父さんといっしょに家に帰ると、お母さんが玄関で待っていた。

「遅かったわね、ようじろう。お父さんといっしょだったのね。もうお夕飯の時間よ。ちょっとちょっと、ただいま、くらい言いなさいよ、ふたりとも」

ごめん。お母さん。ぼくら、今、ただいま、を言う元気と余裕がありません。

明日、なんでしょ。明日、宇宙人、来ちゃうんでしょ。ヌンチャクタイフーン？

そんなものが、1日で、できるようになったりします？

「今日のお夕飯は、ふたりの好きなから揚げよ」

うん。から揚げは、いただきます。

お父さんはヌンチャクをマスターするため、ブルース・リーの『燃えよドラゴン』を、DVDプレイヤーにセットした。から揚げをほおばりながら、だまって、観る。

「ちょっとー、テレビばっかり見ないで、ごはんに集中してよね。サラダも食べて」

お母さんが、ぼくとお父さんのお皿に、サラダをよそる。

「ねえ、なんで急にカンフー映画なの。お母さん、『どすこい刑事』見たいんだけど」

お母さんは、刑事もののドラマが好きで、なかでも『どすこい刑事』が、お気に入りなのだ。

5人組のおすもうさんが、毎回、巡業先で起こる事件の犯人を、ごっつあんです！　とつかまえて土俵のようにまあるく解決。お母さんは夕飯の時にこのドラマを見るのを楽しみにしている。

「すまん、お母さん」

お父さんはそうあやまって、ヌンチャクを使っている場面をもどしては、何度も繰り返す。今度は、スロー再生。

「やあねえ食事中に、落ち着かない」
「今日だけのがまんだから」
お父さんがリモコンをいじりながら言う。またまたもどして、スロー再生。
「今日だけ？　今日だけって、何」
あのねお母さん。明日までにね、お父さんは、ゴリラに変身した状態で、大きなヌンチャクを使えるようになって、宇宙人を、宇宙に帰さなきゃいけないんだ、そうじゃないと、小学校のみんなが、ゴリラになっちゃうんだよ。……とも言えない。
不満そうなお母さんをしり目に、ぼくとお父さんはひたすらヌンチャクさばきをマスターすべく、ＤＶＤを、食い入るように見た。
うん、とりあえず、感じはつかんだ、ような気がする！
ご飯のあとは、実際にやってみる。
時間がないんだ。練習、開始！

「映画では、右から後ろに回してたな。こうやって後ろにまわして、こっちの手で取って、アイテッ」

お父さんがヌンチャクを頭にぶつける。

「やっぱり、実際やってみると、難しいな」

パッポー。練習をはじめて、1時間後。

シュン、シュン。

シュン。

シュン、シュン、シュンシュン。

さすが運動神経のいいお父さん、だんだん様になってきた。

「あいてっ。」

パッポー。練習をはじめて、2時間後。

「ほおおお、あちょ――う！」

かけ声だけは、ブルース・リー超えだ。
「どうだ、ようじろう！」
「うん、なにかしらの、希望を感じる！」
さっそく、ぼくとお父さんは、だれもいないところで、ゴリラになってヌンチャクをまわしてみることにした。明日までに、肝心の、ヌンチャクタイフーンができなければ。

夜の8時をすぎていた。
秘密の特訓に選んだのは、今は使われていない、工場の跡地だ。コンクリートの大きな建物が、ちょっとこわい。だれもいないのを確認する。ゴリラに変身するためだ。
お父さんは、むうう、と身体に力をこめ、パワー全開でさけんだ。
「うおおおおお！　ゴリラァ！」
ゴリラァ……ゴリラァ、……ゴリラァ……。

コンクリートの壁に、お父さんの声がこだましただけで、何も起こらない。
「……どうすればゴリラになれるんだろ」
お父さんが腕組みをする。
そう。お父さんは、なりたいときに、ゴリラになれるわけじゃないんだ。
お父さん、今朝は、駐在所にゴキブリが出て、
「うわあああああ！」
と、おどろいてゴリラになっちゃったらしいし。それから、お昼のかつ丼がおいしすぎて、
「うおおおお！　うまい！」
と、興奮してゴリラになっちゃったらしいし。なのに、いざゴリラになろう、と思っても、なれないなんて。
ゴキブリを見て、変身しちゃうくらいだから、宇宙人を見れば、明日は、まちがいなく、変身できるとは、思うんだけど。ぼくは工場の外階段に腰かけた。お父さんも腰かける。ゴリラになれないんじゃ、技の試しようがない。

お父さんは力なく言った。
「パワーが足りないのかな。今日のから揚げ、もう2個くらい食べれば、変身できたかも」
ぼくも、肩をおとしながら、
「あれ、おいしかったね」
とつぶやいて、
「ま、お母さんが作ったわけじゃないけどね」
と、つけくわえた。商店街のお肉屋さんで買ってきた、から揚げなんだ。
「何を言っているんだ。お母さんは、きれいに皿に盛ってくれたろう」
とお父さん。それ、料理かな。
「サラダとかそえて、いろどりも考えてだな」
お父さん、フォローするのに必死だな。じつは、お父さんがご飯担当の日のほうがおいしいんだ。
「お母さんの料理ってさあ」

ぼくは、いつも思ってたことを言ってみる。
「なんかどれも、ひと味、たりなくない？」
「それはだ、な、ほら、お母さんは、おれたちの健康を考えて、薄味にしてくれてるんだよ」
「ただ料理が下手なだけなんじゃ……」
「みなまで言うな。お母さん、忙しい中、がんばってるんだから」
「忙しいの？」
「そりゃそうだよ。ようじろうが学校に行ってる間、保育園の先生してるの、知ってるだろ」
「ぼくが学校から帰ってくると、お母さん、いつもドラマ見て、クッキーかおせんべい食べてるよ」
「お母さんはな、1日1回、ドラマを見てクッキーかおせんべいを食べないと、しおれてしまう花なんだよ」
そんな花、ある？

なんだかんだで、油断(ゆだん)しているお父さんに、ぼくは言った。
「あ、お父さん、犬のうんこ踏(ふ)んでる」
「なにッ！！！」
ゴボッ、ゴボゴボゴボッ。いつもより大きなゴリラが、むくむくとあらわれて、コンクリートの間から差(さ)しこむ月の光に、照(て)らされた。
「おどろかせるなよ、ようじろう！　うんこなんか踏(ふ)んでないぞ。」
ぼくは目をかがやかせて言った。
「ゴリラになれたじゃん、お父さん！」
「はっ……、ほんとだ！　でかしたぞ、ようじろう！」
ぼくとゴリラは手を取(と)り合(あ)って、小おどりした。
って、この手、1回しか、使(つか)えないけどね！

大きなゴリラになったお父さんがヌンチャクをまわすと、今までに聞いたことのない、すごい音がした。

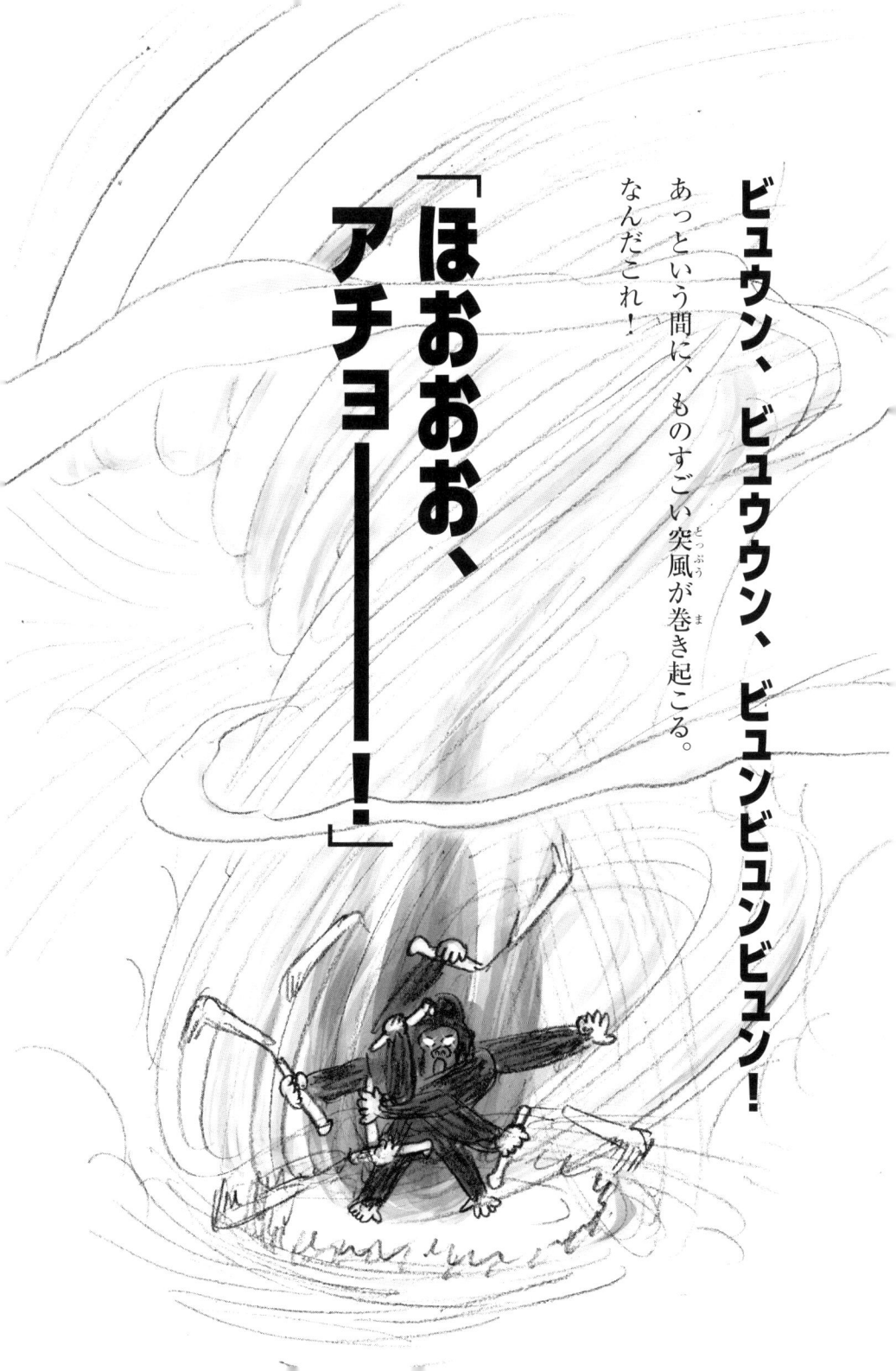

ビュウン、ビュウウン、ビュンビュンビュン！

あっという間に、ものすごい突風が巻き起こる。

なんだこれ！

「ほおおお、アチョーーー！」

「うわあああああ、お父さん、ストップストップ、スト――――――ップ！」
あやうく飛ばされそうになったぼくは、階段の手すりにしがみついてさけんだ。
これが、宇宙じいさんの言っていた、ヌンチャクタイフーンか！
こ、これなら、もしかしたら、本当に宇宙人を宇宙まで飛ばせるかもしれない。
いや、ぜったいに飛ばせる！　ぼくとお父さんは、そう確信して、顔を見合わせた。
ヌンチャクゴリラの、誕生だ！　やったあ、感慨深すぎる！

家への帰り道、ぼくは夜空を見上げた。ちらちらと、星が光っている。
「明日、うまくいくといいね」
とぼくが言う。ちょっと考えて、お父さんは言った。
「やってみせるさ」
うん、そうだよね。お父さんは、この町を守る、おまわりさんだもの。きっと、できるさ。
「それにしても、ようじろう」

「なに、お父さん」
「風で、おまえのかみの毛、すごいことになってるぞ……」

12 いざ出陣

朝、6時20分。

お父さんはヌンチャクの入ったリュックを背負って、ぼくはランドセルを背負って、学校に向かった。学校の裏門に着いたのは、ちょうど6時30分。

宇宙じいさんも来て、3人そろった。

「だれかと思ったら、ようじろうか。ねぐせがひどくて、わからんかったわい」

そのくだり、毎回いいから。

「はて、今日の、おまえさんのかみ型、どこかで見たような。何かに似ておるな……思い出せそうで、思い出せん」

だから、そういうの、いいってば。

昨日の夜は、ヌンチャクタイフーンができたことに感激して、全部うまくいくような気になって、ヌンチャクの練習で疲れてたし、あっという間にグーグー寝ちゃったけど。朝起きて、現実に引きもどされた。
ぼくらは、たった1回、練習でヌンチャクタイフーンに成功しただけだ。こんな状態で今から宇宙人とご対面なんて、おしっこもれそうだ。
「宇宙人、ほんとうに、おそってきたり、しないよね」
ぼくが言う。
自信のなさをふっ切るように声をはったのは、宇宙じいさんだ。
「四の五の言っておってもしかたがない。やれることを、全力でやるのみじゃ。これから、給食室にのりこむぞ！　わしらなら、できる！」
ぼくと、お父さんと、宇宙じいさんは、互いの顔を見た。
そうだ。ぼくたちは、ひとりじゃない。こんなときこそ、元気と、チームワークだよね！　3人でうなずく。
宇宙じいさんは、
「これを、おまえたちにわたしておこう」
と言って、白衣のポケットに手を入れた。

「あれ？　わしが、おまえたちの分も、宇宙語の翻訳機を……。イヤホンを3人分、徹夜で仕上げて、持ってきたんじゃが……。あれを耳にはめないと……！」
宇宙じいさんは、ポケットの中のものを、ハンカチやらメモやら、ボールペンやら、ポイポイとほうり出した。
「むむ、クッソー、どこじゃったかな！」
寝不足でイライラしている。
「こっちの、肩にかけてるカバンに入ってるんじゃないの？」
「いや、カバンには入れておらん！　すぐわたせるように、白衣のポケットに入れたんじゃ！」
「お父さんもさがしてよ」
と、お父さんを見ると、
「今、おれに話しかけないでくれ。作戦のイメージしてるから。ふたりは、見てればいいかもしれないけど、なんだかんだ言って、一番がんばらなきゃいけないのって、おれなのよ。宇宙人を見たら、おれは、すごいびっくりして、ゴリラに変身する。うおおおお、と。それで、ゴリラの姿で、アチョーってやって。グルグルグルーって、吹き飛ばして。さよーならーって、いやいやいやいやうまくいかなかったらどうなるんだろう……！」

テンパっている。ぼくは時計を見て声をあげた。

「うわあ！　どうしよう、もうこんな時間だ！」

宇宙じいさんと、お父さんの服をひっぱる。

「もう給食室に、行かなきゃだよね？　間に合わなかったら、大変だよね？」

「おお、イヤホン、こんなところにあったわい！　あっ！」

宇宙じいさんが、胸ポケットからやっと取り出したイヤホンを、ばらばらと地面に落として、ひろう。

ああ神様。こんなんでぼくたち、小学校を、守れるでしょうか！

13 作戦Bってなんですか

お父さん、宇宙じいさん、ぼく、の3人は、急いで給食室に向かった。まだみんなが登校する前だ、学校はしーんとしている。

給食室は、校舎からちょっと離れた所にある。

給食室の窓から、おそるおそる、本当におそるおそる、中を、そーっとのぞくと、給食の調理員さんたちが作業してる、ように見える。

10人……いや、15人くらい、いる。白衣に、白い帽子。

帽子と白衣の間から、顔の部分が、ちらりと、見えてしまった。肌が！　やっぱり、半透明！　シャボン玉と、なめくじの間くらいの感じの！　宇宙人っていうより、おばけが白衣着てるみたい！　目もやっぱり黒くてヌメっとしてる！　わかってたけど、こわい！

食器をこすらせたような、ガチャガチャいう物音、みたいな音がする。宇宙じいさんの、天体観測所で聞いた、宇宙人の、会話の音だ。きっと、しゃべっているんだろう。映像で見るのと、目の前にいるのとでは、インパクトがちがいすぎる。

「ほ、ほ、ほ、ほんとうに、宇宙人が、バナナを……！」

お父さんは、興奮してゴリラになるどころか、ちぢこまってしまった。

へ、変身は？

しかも、給食室の入り口にまわった宇宙じいさんが、言った。

「ドアが、宇宙人にロックされとる！」

まさか、給食室に、入れないの？

「時間をかければ、あけられるかもしれんが……。さすがは宇宙人。これは、やっかいじゃな」

ちょっとちょっと。宇宙人を見たお父さんがゴリラになって、給食室にババーンとのりこんで、ヌンチャクタイフーン！　のはずだったよね？

開始1分で、つんだんですけど！

「こうなったら作戦Bだな」
お父さんが言う。作戦B？　そんなのあったっけ？　そもそも、いま作戦Aだったの？
「作戦Bは、ものごとは計画どおりにいかなくて当たり前、という前提のもと、降ってきた危険を回避し、わずかなチャンスを見逃さず、臨機応変にミッションを成功させる、という大人の作戦だ」
それって、難しく長めに言ったけど、つまり、いきあたりばったりってことだよね。いつものお父さんといっしょじゃん！
「よしわかった、作戦Bじゃな。まず、状況をつかむぞ」
宇宙じいさんは、「宇宙語」が「日本語」に翻訳されて聞こえるイヤホンを、ぼくらの耳にはめた。給食室から聞こえていた、宇宙人の「物音」が、言葉になって聞こえてくる。宇宙じいさんは、やっぱり大天才だ。翻訳は、昨日よりもまた、ずっと精度が上がっていて、イヤホンから聞こえてきたのは、なめらかな日本語だった。

「1日いっかいしか、給食はないのれすか」
「それは残念れすねえ」
「1時間お勉強するごとに、給食の時間がほしいれす」
「どんな味か、食べてみたいれすねえ〜」
そんな会話をしながら、宇宙人たちは、せっせとバナナの……ゴリラバナナの、ダンボールを運びこんでいる。
よく見ると、なかでもひとりだけ、立派なマントをつけた宇宙人がいた。その宇宙人がどうやら、リーダーのようだ。マントでよく見えないけど、手なのか足なのか……何本もあるみたいに見えるよう！
なみだ目で窓からのぞいていると、給食室の中から、宇宙人がふたりほど、外に出ようとしているのが見えた。
「かくれろ！」
お父さんにひっぱられ、宇宙じいさんとぼくも、とっさに、木のしげみにかくれる。
見まわり役の宇宙人なのだろうか。しげみからそっと顔を出して見ると、宇宙人は、給食室のまわりをぐるっと見まわし、ドアのロックを、スッと解除して、また中に入っていった。
「ふむ、ああやってあけるのか。わかったかもしれんぞ」
宇宙人がロックを解除するのを、双眼鏡で見ていた宇宙じいさんは、給食室のドアに向かった。さすが、大天才。なんとかなるかもしれない。
ぼくと、お父さんも、腰をかがめて宇宙じいさんについて行き、宇宙じいさんの手元をのぞきこむ。
「これを、こうして……。ああ、もう。ようじろう。今、ロックを解除してるんじゃから、あせらせるな」
宇宙じいさんがイラついた口調で言う。
「ぼく、なにもしてないよ」
「わしの肩を、さっきからトントン、トントン、とたたいておるじゃろう！　ようじろうじゃなければ、おまわりさんか」

「たたいてませんよ」

じゃあだれが、肩をトントン？

……？

3人でふりかえったら、どアップで宇宙人の顔があるという、この状況を、だれが想像したでしょうか。

「**ぎぃゃあああああ！**」

14 ぼくはキラキーラ様

「**ぎぃゃあああああ！**」

宇宙人のどアップを見て、ぼくと宇宙じいさんとお父さんが絶叫すると、

「**ウワアアアアアア！**」

ぼくらに絶叫された宇宙人も、絶叫されたことにびっくりして絶叫した。宇宙じいさんの肩をトントン、とたたいていたのは、見まわりの宇宙人だったのだ。

宇宙人が言った。

「こんなところで、なにをしていらっしゃるのですか、キラキーラ様！」

キ、キラキーラ様？

だれのこと？

でも、そのヌメッとした黒い目は、あきらかに、ぼくを見ている。

「わざわざ、様子を見に、地球に来られたのれすね、キラキーラ様。わたくし、おど

ろいてしまって、失礼しました。地球人の格好も、とてもお似合いです。どうぞ、お入りください。ご案内いたします」

宇宙人が手をかざすと、ウイーン、とロックが解除され、給食室の、ドアがあいた。

宇宙人が、入っていく。

お父さんと宇宙じいさんは、ぼくを見た。

もう1回いうけど、キラキーラ様って、だれのこと？　どういうこと？

宇宙じいさんが、はっとした顔をして、小さな声で言った。

「ようじろうの、かみ型じゃ！　そのねぐせのかたち、どこかで見たと思ってたんじゃ」

ぼくのねぐせ？

「あの、金色のバッジじゃよ」

お父さんが、ああ！　という顔をする。ぼくも思い出した。あの、大きな枝豆

みたいな、頭の……。

「今日のおまえさん、宇宙人がつけていたバッジと頭がそっくりじゃ。きっと、宇宙人の、キラキーラというボスと、まちがわれたんじゃ！」

なんだって。ぼくが、宇宙人の、いちばんえらいボスと、まちがわれてる？

自分のねぐせをさわろうとするぼくの手を、お父さんがとめた。

「ようじろう。そのまま、キラキーラのふりをしろ！」

は？　そんな！　ふりって言ったって。実物がどんなだか、わからないのに、無茶だよ。そのとき、

「キラキーラ様、この2人はだれれすか」

と宇宙人がふりかえった。宇宙じいさんと、お父さんが、ぼくを、祈るような目で、見る。

「あーっと、え――っと」

ぼくは、イヤホンから聞こえてくる声に似せて、なるべく高い声で言った。

「このふたりは、その、新人なの……れす」

宇宙人が足をとめる。
だめだったか？
「わあ、そうなのれすね」
にこっとする宇宙人。
「キラキーラ様、地球語も、お上手れすね」
やめてよー、汗が出るよー。
お父さんと、宇宙じいさんが、でかした、という顔でぼくを見る。
給食室に入ると、宇宙人たちがいっせいにぼくを見て、
「キラキーラ様！」
「キラキーラ様！」
「はは――――っ」
と、みんな、ひざまずいた。マントをつけた、リーダーみたいな宇宙人もひざまずいている。あの宇宙人より、キラキーラ様のほうが、ずっとえらいらしい。
ど、どうすれば……。

でも、そんなにえらい人にそっくりなら。ぼくは、お父さんと宇宙じいさんを見た。

バナナをすりかえるのを、やめろと、命令できるんじゃ、ないだろうか……！

宇宙じいさんは、「やってみる価値はある！」という顔でうなずく。

お父さんが、あごでぼくに、「行け！」と言う。

やるしかない。

ぼくは、腹を決めて、校長先生のように、うしろで、手をくんだ。落ち着いて、えらそうに、歩きながら、話す。

「あー、今日、給食に出すつもりだった、ゴリラバナナれすが」

みんな、聞いている。

がんばれ。がんばるんだ、自分。

「すりかえるのは、やめるのれす。すぐに、みんなで、ゴリラバナナを持って、宇宙に帰るのです。あっ、帰るの、れす」

宇宙人たちが、しーん、とした。

それから声をそろえて、

「かしこまりました！」

いっせいに、ゴリラバナナをかたづけはじめた。

うっそ。いいの？

話がスムーズすぎて、ぼくがどぎまぎしていると、さっき、給食室に入れてくれた宇宙人が、ぼくのうしろで、何かをひろった。

「キラキーラ様。なにか、落とされましたよ」

ぼく、何か落としたかな。ポケットをさわる。あっ。

「算数のテスト……18点？」

宇宙人が、首をかしげる。点数がわるかったから、お父さんに見せずに、ポケットにつっこんであったテストだ！

「キラキーラ様が、18点など、とるはずがありません」

宇宙人がギロリとこちらを見る。

「あなた、キラキーラ様では、ありませんね」

やばい。こんなところで、ばれるなんて。
ゴリラバナナをかたづけていた宇宙人たちも、ピタッと動きをとめて、ぼくを見た。
「うそをつくのは、よくないことなのれす」
宇宙人たちの、目の色が変わった。
いや、ここは、たとえじゃなくて、本当に、目の色が、黒から黄色になった。やられる。きっと目からビーム出されて、殺される。
お父さんが、
「ようじろう！」
と、ぼくを、かばいに、走ってきた。
「お父さん！」
と思ったら、
「うわあぁ」
なんと、1枚だけ落ちていた、バナナの皮で、お父さんはすべった。

それが、ぼくにはスローモーションで見えた。
スローモーションで、お父さんが、ころぶ。
う　わ　あ　あ　あ　あ
すべったことにびっくりしたお父さんは、ぼくの目の前で、ころびながら、ムク…ムク…ムクッ！
スローモーションで、大きな黒いゴリラになっていった。
「ゴ、ゴリラがあらわれたのれす！」
宇宙人たちは、めちゃめちゃおどろいた。
宇宙じいさんが、いそいで、リュックに入っていたヌンチャクを取り出した。
「これを受け取るんじゃ！」
宇宙じいさんが投げたヌンチャクを、立ち上がったお父さんが、黒いゴリラの手で、パシッとキャッチする。
しりもちをついたおしりを、パパンとはたき、ふうう、と息をはく。
そして、ヌンチャクをかまえる、大きなゴリラ。

か、かっこいい。これぞまさに、ヌンチャクゴリラ！

「宇宙人たちよ。うそをついたのは、わるかった。しかし、おれたちは、ゴリラにさせられるわけにはいかないんだ！」

すでにゴリラのお父さんが言っても説得力がないけどね！

「ゴリラバナナを持って、宇宙に帰ってもらおう！」

おどろいた様子でお父さんを見ていた宇宙人たちは、

「わあ。ゴリラがペラペラしゃ

べってます」
「新種のゴリラれすか」
とざわついた。お父さんは顔を赤くして怒った。
「ちがうわ！　人間だけど、おまえたちのせいで、半分ゴリラになっちゃったんだよ」
声をあらげるお父さんのとなりで、宇宙じいさんが、
「そうじゃ、言いわすれておったが」
と、お父さんのヌンチャクを指さす。
「そこをあけると、栄養ドリンクが入っておる。飲んで、ヌンチャクタイフーンをおこすんじゃ」
お父さんが言われたとおり、ヌンチャクをパカッとあけると、『ビタミンたっぷり☆元気百倍！』と書かれた、栄養ドリンクが入っていた。今、この工夫、いるかな⁉
お父さんは、無言でゴクッゴクッと栄養ドリンクを飲み切る。

でも、宇宙人も、だまってはひきさがらなかった。
「すみませんが、邪魔はさせないのれす」
やっぱりそうだよね。
宇宙人たちの目の色が、黄色から……赤に光った。
こんどこそ終わった。ぼくはしゃがんで頭をかかえる。
「あ、目からビーム出たりは、しませんよ」
給食室に入れてくれた宇宙人が言う。
「だって、目の色が赤になった」
と、ぼくがなみだ目で言うと、
「これは怒っている雰囲気を、出しているだけです」
と宇宙人。
え。そうなんだ。

15 出るか、ヌンチャクタイフーン

ビーム出たりはしない。それを聞いて安心した宇宙じいさんが、急にしゃきーんと元気になった。

「宇宙人のみなさんには申し訳ないが！　わしらも、こどもたちをゴリラにするわけにはいかんのじゃ。おまわりさん、今こそ、ヌンチャクタイフーンじゃ！」

宇宙じいさんがさけんで、お父さんがヌンチャクをまわそうとした、その時だ。宇宙人のリーダーの低い声が響いた。

「いいのれすか」

気付くと、整列した宇宙人たちが全員、手に霧吹きを持っている。

「そんなことをすると、あなたたちの大事なアゲパンに、水をかけてしまいますよ」

な、なんてことだ。ぼくは青ざめた。

あげパンは、まわりがカリッと揚がっていて、中がふんわりしてなきゃ、意味がない。水なんかかけられたら、べちゃっとしちゃってもう、いっかんの終わりじゃないか！　今日はあげパンを楽しみにしてくる子だってたくさんいるのに！

……って、いや、まてよ。

ゴリラにさせられちゃうことに比べたら、言うほどたいしたことじゃないな。

「お父さん、やっちゃっていいんじゃない？」

「よしきた」

またお父さんがヌンチャクタイフーンのかまえをした時だ。

「いいのれすか！」

宇宙人のリーダーが低い声で、ぼくたちに警告した。

今度は全員、冷凍庫の前に、手袋をしてスタンバイしている。

「そんなことをすると、あなたたちの大事な冷凍みかんを冷凍庫から出して、常温にしてしまいますよ」

な、なんて卑劣なんだ！

明日のデザート、冷凍みかんは、食べた時にちょっと歯にしみちゃうほど、キンキンに冷たいから、おいしいんじゃないか。それを、今から冷凍庫から出してしまうなんて、それじゃあ、ただのぬるいみかんになってしまう！　しかも、とけて、びちゃびちゃだ！

……って、いや、それも、言うほどたいしたことじゃないな。

宇宙じいさんがさけんだ。

「やっておしまいなさああい！」

「**うおりゃあああ、特大、ヌンチャクタイフウウウウウン！**

アチョウ、アチョウ、ホアチョ――――ウ！」

ビュウン、ビュウンビュンビュン。

お父さんが全力でヌンチャクを右に左に振りまわす。ぼくと宇宙じいさんは、飛ばされないように、全力で調理台につかまった。

ヌンチャクのビュウン、ビュウン、にまじって、ミシミシ、ベリベリ、という音が聞こえたけど、何の音？　と思ったその時だ。

「**ひぃややあああああ～！**」

宇宙人たちが、給食室の屋根といっしょに、空に吸いこまれるように舞い上がっていった。

「や、屋根!!」

突風の中で、ぼくと宇宙じいさんが同時にさけぶ。

ミシミシ、ベリベリ、というのは、給食室の屋根がはがれる音だった。

宇宙人たちは、たしかに計画通り、空に吸いこまれていった。

そして、ぼくたちの頭上には、今、青空がひろがっている。

青空給食室？
これ、どうするの？　黒いゴリラは、
空を見上げてまぶしそうに言った。
「やべえ……屋根まで吹き飛ばしちゃった……」

16 あまりにも深刻な事態

「お父さん、ミシミシって聞こえなかった？　聞こえたよね？　なんで屋根まで飛ばしちゃうんだよ」

「おまえさんは、力の加減というものを知らんのか！」

「いや、だって！　1回しか練習してないんですよ。宇宙人飛ばさなきゃって、もう、それしか考えてなかったから」

ゴリラを責めるぼくたちの後ろから、声が聞こえた。

「こんなこともあろうかと」

だれ!?

ぼくたちがふりかえる。

なんと、宇宙人がひとり、給食室に残っていたのだ。

「わたしは、おもりを、つけていたのれす」

あの、マントをつけた、リーダーらしき宇宙人だ！
何本もあるニョロニョロした腕で、マントをぬぐ。ずっしりと重そうなマントは、おもりだったのだ。
「私の名前は、ニョルニョルゾ。宇宙の安全を守る、保安隊の隊長れす」
ニョルニョルゾ。そう名乗った宇宙人は、ぼくを見る。
「さっきは、キラキーラ様にそっくりれしたが。頭のかたちを自由に変えられるニンゲンもいるのれすね」
いえ、かみ型が、さっきの、ヌンチャクタイフーンのせいで、変わっただけです。
それから、ニョルニョルゾは言った。
「その武器を、こちらにわたしていただきましょうか。吹き飛ばされてはかないませんからね」
「このヌンチャクは、わたすわけにはいかない」
お父さんが、黒くモサモサした腕でヌンチャクをだきしめる。

「これを見ても、同じことが言えるれしょうか」
ニョルニョルゾが給食室の倉庫のとびらをあけた。
倉庫の中には、いかにも人間が作ったものではないような、半透明に見える、でもぜったい逃げられなそうな檻があって、その中に、小さめのゴリラが5頭ほどいた。
ぼくもお父さんも宇宙じいさんも、警戒して身がまえた。
小さいけど、ゴ、ゴリラだ。
なぜか洋服を着ている。
まてよ。あのゴリラの服……。
いつも小沢くんが着てるジャージに、そっくりじゃないか？
ピンクのランドセルを持ってるゴリラもいる。
うっそ！！　どうして？？
そのランドセルには、見覚えのあるプリンのキーホルダーがついていた。
森川さんのだ。

いつも机の横にかけてある、森川さんのランドセル！

まちがいない。ぼくは気が動転した。

だって、よく見ると、残りの3頭のゴリラの顔も、三好さんとえっちゃんと、ヒロキのおもかげがある！

「この子たちは、学校で飼っている動物のエサをもらいたいとやらで、朝早く、給食室に来たのれすよ」

エサを？　朝早く？

あっっっっ！

ぼくの記憶は、昨日の給食の時間に巻きもどった。

三好さんの声がよみがえる。

『明日の朝、うちの班が、飼育小屋のそうじ当番だからね』
『ちこくしたら怒るよ』
そうだ！　ぼくは宇宙人との対決で頭がいっぱいで、すっかり忘れてたけど、うちの班は今日、みんなよりも早く学校に来て、飼育小屋をそうじして、ニワトリやヤギにエサをあげる当番だったんだ。エサは、いつも給食室からもらうことになっている。
「朝早くから、えらいな、と思いましてね。ごほうびに、食べていいよと、ゴリラバナナをあげたのれす」
ぼくもお父さんも宇宙じいさんも、言葉を失った。
「食べたら、皮はちゃんと捨てないといけませんね」
ニョルニョルゾが、さっきお父さんがすべった、バナナの皮をひろいあげると、ていねいなしぐさで、ごみ箱に捨てた。
ゴリラバナナを、食べちゃったなんて。
あまりにも、深刻な事態だ。

「さあ、ヌンチャクをこちらに」
ニョルニョルゾにうながされ、お父さんはヌンチャクを床に置いた。ニョルニョルゾの腕がニュ――ッとのびて、ヌンチャクをつかむ。
ぼくは、がくぜんとしていた。
友だちが、すでに、ゴリラにされていた。
こちらには、もう、武器もない……。

17 大事な2パーセント

ヌンチャクを手にしたニョルニョルゾは高笑いした。

「ほーっほっほっほ。このヌンチャクさえあればこちらのものれす。これがなければあなたたちは、ただのか弱いニンゲン、そうでしょう？　今度はあなたたちが吹き飛ばされる番れす」

スチャッ、とヌンチャクをかまえる。

「こうやって使っていましたね。わたし、1回見たものは、真似できるのれす」

宇宙じいさんが作った天才的なヌンチャクで、自分たちが飛ばされる。ぼくはお父さんにしがみついた。宇宙じいさんは、ぼくにしがみついた。

「こうまわして、こうして、ほうら」

ビュンビュンビュンビュン。

ビュンビュンビュンビュン。

「あれ？　あれれ？　うわあ。か、か、からまってしまいました！」

ニョルニョルゾの何本もある腕が、どんどん体に巻きついていく。

「ううう、これでは息ができません！」

ニョルニョルゾは顔を赤くした。

「ニ、ニンゲン……こ、こんな攻撃をしかけてくるとは……！」

いや、何にもやってないけどね。

「どうする？」

「たすける？」

お父さんと宇宙じいさんは、いっしゅん迷ったものの、苦しんでいるニョルニョルゾにあわててかけよると、ヌンチャクをほどいてあげた。

この宇宙人……友だちを本当にゴリラにした、めちゃめちゃこわいやつだけど……天然なの？

「はあ、はあ。た、たすけてくれて、ありがとう。ニンゲンは、相手を思いやる、やさしさも持っているのれすね」

ニョルニョルゾは言った。

「なのに、地球はどうしてこんなにこわされているのれしょう」

宇宙じいさんは、

「それについては、本当に面目ない」

と、人間を代表してあやまった。

ニョルニョルゾは言った。

「わたしたち宇宙保安隊は、あなたたちを殺すつもりはありません。痛い思いをさせる気もありません。ただおとなしく、ゴリラになって、地球をこわすのを、やめてくれればよいのれす。さあ、あのお友だちと同じように、ゴリラになってくらさい」

ニョルニョルゾがつめよってくる。

ニョルニョルゾの言っていることも、たしかに、わかる。でも……でも、ゴリラになるのは、いやだ！

「なぜれすか」

ニョルニョルゾの黒い目が、ギョロリとこちらを見る。

ひええ、とぼくは、手で自分の口をおさえた。「ゴリラになるのはいやだ！」心の中で思っただけのつもりが、つい、声に出ていたらしい。

「なぜ、人間でいたいのれすか」

もう一度ニョルニョルゾに聞かれる。

「なぜって、そんな、だって……」

消え入るような声で、ぼくが答える。

「ぼ、ぼくたちは、人間で、ゴリラじゃ、ないから……、だから、友だちも、人間に、もどしてください！」

ひゃああ、逃げたい。そのヌルッとした、黒い目、ほんとうにこわいぃ。

ニョルニョルゾは言った。

「さきほどたすけていただいて、あなた方には、借りができました。ゴリラにする前に、話くらいは聞いてあげてもいいれしょう。どうしてゴリラにされたくないか、わたしを説得することができますか」

説得。

もし、ここでぼくがニョルニョルゾを説得できれば、ひょっとして、森川さんや小沢くんもみんなも、自分も、お父さんも、宇宙じいさんも、人類も、救えるかもしれない。逆に言えば、武器もない今、人間でいつづけられる望みがあるとすれば、それしかない。

そう思ったら、ドッジボールで、最後、これを当てれば勝てる、というボールを持った時みたいに、心臓がバクバクしてきた。

ニョルニョルゾVS人類代表、ぼく。

ドッジボールは、外して負けても、たいしたことないけど、これは、外したら、人類みんなゴリラにされる。

ニョルニョルゾは、一生懸命考えるぼくを鼻で笑うように、不気味な声で言った。

「ゴリラも人間も、たいしてちがわないじゃないれすか。祖先はいっしょ、もとは同じ生き物なんれすよ。遺伝子も2パーセントしかちがいません」

「お、お、お言葉をかえすようですが」

ぼくは消えそうになる声をふりしぼった。

「その、2パーセントが、大事なんです！　そこに、人間のいいところも、つまってるんだ！」

「では、その、ニンゲンのいいところとやらを、教えてくらさい」

こちらをまっすぐ見るニョルニョルゾ。ブラックホールみたいな黒い瞳に吸いこまれそうだ。

人間のいいところ。たくさんあるさ。

人間は、……頭がいい！

ものすごく高いビルだって建てられる！

地下を掘って、電車を走らせたりもできる！

車に、飛行機に、パソコンや、スマホだって、いつも新しいものを、次々に作り出す！

ゴリラには、できないだろう。

だけど、それは、地球によいかって言われると、緑減らしちゃってるし、地球掘っちゃってるし、空気も汚しているかもしれないし、ゴミも増やしているにちがいないし、たしかに、あんまりよくないことばっかり、なのかもしれない。

ゴリラは地球の空気を汚したりしない。ゴミも増やしたりしない。兵器を使って、戦争したりもしない。ぼくは言葉につまった。だめじゃん、人間。地球にだめなことしかしてないじゃん。

それでもどうして、ぼくは、人間でいたいんだろう。

どうして友だちを、人間にもどしたいんだろう。

ゴリラにされてしまった、みんなを見る。昨日の、みんなで笑って食べた給食の光景が、浮かぶ。

ダジャレを言って、笑いあった……。

「人間は……ダジャレが言える」
ぼくの口が、そう動いた。強い視線を感じてとなりを見ると、宇宙じいさんとお父さんが、こんなに使えない子だったのか、という目でぼくを見ていた。
「だって！　ゴリラはダジャレ、言えないよね？」
小さな声で言い訳するぼくに、お父さんも小声でつめよる。
「なんかほかに、あるだろう！」
「じゃあお父さんが言ってよ！」
「おれは体力担当っていうか、口は立たないっていうか。じいさん、天才なんだから、何か、ほら、あるでしょう」
「すまん、わし、徹夜したから寝不足で、今、頭まっしろ。何も浮かばん」
「え～！」
3人で責任をなすりつけあっていると、
「ほう。ダジャレれすか」
と、ニョルニョルゾの低い声がした。

「では、ぜひ言ってみてくらさい」

え、聞くの？

ダジャレ、言うの？

この状況で？

ぼくと、お父さんと宇宙じいさんは、顔を見合わせた。

でも、やるしかない。テンポも大事だ。

こういうのは、待たせるほど、ハードルが上がる。ぼくは、勇気をふりしぼるように、1回せきばらいをしてから、腹に力をこめて言いはなった。

「土星に住んでる、オッドセイ！」

はい、宇宙ネタで、寄せてみました！

っていっても、そもそも宇宙人にダジャレなんてわからないよな、とぼくが思っていると、バタン、と音がした。

ニョルニョルゾが倒れこんでいる。

「ひー、ひー、おもしろすぎます。土星に、オッドセイって。土星だけに！　しかも、オットセイを、オッドセイ、っていうところが！」
す、すごい笑ってる。
それならば、と宇宙じいさんも続いた。
「アンタレスを見つけたのは、あんたれす！」
アンタレス、というのも、星の名前だ。
お父さんも言った。
「太陽があって、ありがたいよう！」
宇宙系でまとめたかいあってか、ニョルニョルゾは大喜びしている。
「て、天才れす。ダジャレの天才たちを発見しました」
もうひと押しだ！　ぼくたちはダジャレを連発した。
「星がほしい！」
「火星人が言った、おまえのゲーム、かせい！」
「宇宙はテレビがうちゅらない！」
笑いすぎたニョルニョルゾは、もはや泣いている。

そして、なみだをふきながら言った。

「みなさんがゴリラになってしまったら、このダジャレが聞けないのれすね。それは、宇宙にとって、大きな損失れす。いったん宇宙にもどって、ニンゲンは、奥深い才能のある生き物だったと、報告することにします。みなさんをゴリラにするのは、宇宙会議でもう一度、決議してからにしましょう」

ニョルニョルゾは、そう言うと、マントをつけて、ひらりと身をひるがえした。

「わたしとしては、このようなたぐいまれな才能のあるあなた方を、ゴリラにしたくはありません。しかし、今後も地球をこわすようなことをするならば、必ず、また来ます。ヌンチャクタイフーンとやらで飛ばされるのはごめんれすから、自分で飛んで帰ります」

ふわっと浮いたかと思うと、ニョルニョルゾは、

「お友だちも、ダジャレがお上手なのれしょうか。ニンゲンにもどしておきますね」

そう言い残して、消えた。

宇宙へ、もどっていったのだ。

しーんと、静まり返った給食室。屋根のない給食室に、ぼくら3人の影がのびている。

そう。

ぼくらは、友だちを、小学校を、そしてたぶん、人類を、救えたんだ。

「つ……つかれた」

大きなゴリラになっていたお父さんは、シュルシュルと空気がぬけるように普通の人間にもどった。

ぼくと宇宙じいさんも、へなへなと床に座りこんだ。

18 まさかの半分ゴリラ

ものすごく長い戦いだった気がしてたけど、まだ、小学校の子どもたちが登校する前だった。ぼくが走って教室に行くと、教室に、班のみんなが、いた。

人間のすがただ。

「ようじろうくん、ちこく！」

森川さんが言う。机の上には、プリンのキーホルダーがついたランドセルがのっている。ああ、森川さん、人間に、もどれたんだ。

「おれたちだけで、飼育小屋そうじしたんだからな」

見なれたジャージを着た小沢くんが、口をとがらせて文句を言う。ぼくは本当にうれしくて、

「よかった！」

とジャージ姿の小沢くんにだきついた。あわわ、と小沢くんがよろける。

「よかった！　じゃないわよ。ヤギにエサあげる仕事、ようじろうくんにとっておいたからね。あれだけちこくしないでって言ったのに」
プンプンしている三好さん。本当によかった。どうやら、ゴリラにされていた記憶はないらしい。
「ようじろう、どうせ寝坊したんだろ。ねぐせがすごいもん」
ヒロキにかみをいじられる。
「今日のようじろうくんのかみ型、いつもよりパワーアップしてるね」
と、えっちゃん。
「ほんとだ。なんだろう。冒険者!!　って感じ」
森川さんが言って、みんな笑った。
「なかなか、いいよ」
「うん、カッコいい、カッコいい」
三好さんも笑ってくれて、ぼくは照れながら頭をかいた。
かみ型がすごいのは、ヌンチャクタイフーンのせいだ。

たしかに、ぼくには、冒険すぎる、冒険だった。
カッコいい、か、な。
そこに、となりの班の林さんが来た。
「おはよう。ねえ、聞いた？　大変なんだよ。先生たちが言ってたんだけど、給食室の屋根が、飛ばされてなくなっちゃったんだって！」
ドキッッッ。
「給食室の屋根が？」
「飛ばされてなくなっちゃった？　なんで？」
みんながざわついて、ぼくのほうを見た気がして、
「ぼぼぼぼ、ぼくじゃないよ！」
動揺をかくせないぼくが口走る。みんなきょとんとした。
「わかってるよ。ようじろうがどうやって屋根吹き飛ばすんだよ」
小沢くんに苦笑される。
「だれも見てなかったからわからないんだけど、先生は、突風のせいじゃないか

って、言ってた」
と林さん。
「へえええー」
と、みんな。
突風のせい。宇宙人のことも、ヌンチャクゴリラのことも、ばれていないらしい。
「風で給食室の屋根が吹き飛ばされるなんて、聞いたことないよね」
森川さんに言われて、
「うん、うん、うん。ほんとだね」
ぶんぶんとうなずくぼく。ゴリラがヌンチャクをまわして吹き飛ばしたなんて、もっと聞いたことないけどね……。
「では、手をあわせて、いっただっきまーす」
給食の時間、ぼくは、みんなとバナナをもぐもぐ食べていた。

みんなは知らないけれど、この給食に配られたのは全部、宇宙じいさんが作った『バナナチェッカー』なる機械で、しっかり安全だとチェックされた、地球のバナナだ。これがゴリラバナナだったら、今ごろ大変なことになっている。

みんなも、ぼくも、ゴリラにならずにすんだんだ。

「わたし、今日、あげパンだから、給食、楽しみにしてたんだ」

そう言って、ぼくの前で、あげパンを食べる、えっちゃん。あやうく宇宙人に、水をかけられるところだったけどね。

お父さんは、今はまだ半分ゴリラのま

まだけど、宇宙じいさんは、お父さんを人間にもどすための薬も急いで開発すると約束してくれた。

でも、お父さんがゴリラにならなかったら、宇宙人たちを追い返せたかわからない。今回にかぎっては、お父さんがゴリラに変身できたことは、たすかった、とも言える。ぼくは、自分の、半分食べかけのバナナを見る。

ちょっと、こわいことが、頭をよぎった。

大変なことがありすぎて、気にも、とめてなかったけれど。

お父さんが半分残したバナナって……、どうなったんだろう。ほっぽらかして、食い逃げ客をつかまえに行った、あの、半分のバナナ……。

「ようじろうくん、どうかしたの？」

森川さんに声をかけられて、ぼくは、はっと、われにかえった。

「あ、ううん」

うん、きっと捨てたはずだ。半分食べかけのバナナなんて、捨てたにちがいない。

ぼくは、自分の、おいしい地球のバナナを食べきった。

「ようじろう。今日、学校終わったら、うちでゲームやろうぜ」

小沢くんが言って、

「おう！」

と、ぼくが答える。

「よっしゃ、そうこなくっちゃ」

小沢くんが、ぼくのわき腹をつつく。

北町第二小学校に、平和な日常が、もどったんだ。

家に帰ると、駐在所の前で、お母さんが仁王立ちしていた。

「ようじろう！　点数のわるいテスト、かくしてたって、どういうことなの！」

お、お母さんが、ゴリラになってる⁉

もしかして、お父さんが残した半分のバナナを、お母さんが、食べちゃったの！

ぼくは目をこすった。

「理科のテスト、見つけたわよ。なに、20点って」

いやいや。ちょっとゴリラみたいにおこってる、いつもの、お母さんだ。ぼくは、ほっとして、力がぬけた。

「なによ。どうしたの？」

「なんでもないよ。お母さんがお母さんで、よかったな、と思って」

お母さんは首をかしげながらも、笑顔になる。

「おやつに、ホットケーキ焼いてあるからね。手を洗って、いっしょに食べよう」

そう言って、ぼくのランドセルをポンとたたくお母さん。

ああ、本当に本当に、お母さんが、ゴリラにならなくてよかった。

でも……どこかで、だれかが、半分ゴリラ……。

まさかそんなはず、ないよ、ね。

完

川之上 英子・健

（かわのうえ えいこ・けん）

絵本・児童書作家。絵本コンテストで共作で大賞受賞後、２０１３年に絵本作家デビュー。健は税理士でもある。作絵の絵本・児童書に『おおやまさん』『ももも』『みみみみ』、「おじょうさま小学生はなこ」シリーズ（以上岩崎書店）などがある。そのほか『うちのピーマン』『「ぼくのおかあさん」２ねん１くみ すぎしたげんき』『にんじゃ きくんじゃ でんごんじゃ』（以上アリス館）では文章を担当。

朝倉世界一

（あさくらせかいいち）

漫画家・イラストレーター。アルバイト先の雑誌編集部でイラストを描き始めて、１９８８年に漫画家デビュー。主な著書に『デボネア・ドライブ』（KADOKAWA）、『地獄のサラミちゃん』（祥伝社）、『モリロクちゃん～森さんちの六つ子ちゃん～』（講談社）などがある。児童書の画／絵に「落語少年サダキチ」シリーズ（福音館書店）、『ホットケーキのおうさま』（ＷＡＶＥ出版）など多数。

川之上英子・健 作　朝倉世界一 絵

2024 年 10 月 31 日 第 1 刷発行

発行者 小松崎敬子
発行所 株式会社 岩崎書店
〒 112-0014 東京都文京区関口 2-3-3 7F
電話 03-6626-5080（営業） 03-6626-5082（編集）

印刷所 株式会社光陽メディア　**製本所** 株式会社若林製本工場
ブックデザイン 鯉沼恵一

本書のコピー、スキャン、デジタル化等の無断複製は著作権法上での例外を除き禁じられています。
本書を代行業者等の第三者に依頼してスキャンやデジタル化することは、たとえ個人や家庭内での利用であっても一切認められておりません。
無断での朗読や読み聞かせ動画の配信も著作権法で禁じられています。

NDC 913　ISBN978-4-265-84051-9　136P　22cm × 16cm
©2024 Eiko Kawanoue , Ken Kawanoue & Sekaiichi Asakura
Published by IWASAKI Publishing Co.,Ltd.
Printed in Japan

ご意見、ご感想をお寄せ下さい。
E-mail : info@iwasakishoten.co.jp
岩崎書店 HP : https://www.iwasakishoten.co.jp

落丁本、乱丁本は小社負担にておとりかえいたします。